PREMIERE PARTIE

DV

PHILOSOPHE MALOTRV.

En Vers Burlesques.

A PARIS,

M. DC. XLIX.

LE

PHILOSOPHE MALOTRV.

En Vers Burlesque.

LE tiltre de cette escriture
Fera croire par aduanture,
Que l'Autheur se veille mocquer
Et par raillerie choquer,
Les hommes qui sont gens de Lettres
Qu'on doit honorer comme Maistres,
Leur donnant tousiours le deuant
Mais plustost qu'aller plus auant,
Il proteste icy du contraire
Et dit qu'il ne le sçauroit faire,
Qu'il pretend icy seulement,
De faire voir l'aueuglement,
De celle qu'on nomme Fortune
Qui tousiours luy fut importune:
Estant luy mesme le sujet,
La forme, l'agent, le projet,

Des Vers qu'il tire d'vne Prose,
Faite par luy sur mesme chose,
Et qu'il auroit fait mettre au iour,
Si l'on eust donné de retour,
Quelque petite recompense
Necessaire pour sa dépense,
Mais ayant esté refusé
Du depuis il s'est auisé :
De reduire la prose en Rime
Ayant veu qu'on fait plus d'estime,
Des Vers encores qu'ils soient plats
Que de beaux mots bien delicats,
Qu'vne prose bien recherchee
Ayant la periode quarree,
Le discours net & curieux,
Fort docte, fort sententieux :
S'estant auisé de la sorte
Son soin, & son estude il porte,
A donner quelque changement
A son discours qui simplement,
Du sens conserue mesme face
Ne changeant les mots que de place.
Il dit donc pour commencement
Qu'il s'appelle naïfuement,
Ayant esgard à sa fortune
A sa science non commune,

Sans

Sa f ire tort à la vertu.
Le Philosophe Malotru.
que Malotru n'est pas iniure
Qu'on le croye s'il n'est pariure,
Qu'il estime trop les sçauans
Qu'il les prefere aux plus vaillans
Que s'il estoit sans simonie,
Le Maistre des Ceremonie,
Les Doctes seroient en tous lieux
Tenus comme des demy Dieux ,
que pour eux seroient toutes choses
Les honneurs & apotheoses,
Et remarque qu'en leur faueur
Le plus sage Legislateur,
Ordonne grande recompence
Aux Amateurs de la science,
Et veut qu'ils soient entrenus,
Des rentes & des reuenus,
Pris dessus la maison de Ville
Declarant noble leur famille,
Que dans les plus belles Citez
On met les Vniuersitez ,
De plus il dit dedans sa Prose
Qu'Aristote en vn liure pose,
Que l'homme qui est plus sçauans
Doit par tout auoir le deuant
Et que Platon dans ses oracles

A dit nonobſtant les obſtacles,
Et a paſſé pour Axiome
Qu'on trouue digne d'vn tel homme,
Qu'vn Eſtat n'aura iamais d'heur
Tant qu'il aura pour Gouuerneur,
quelque ignorant bien qu'il fuſt ſire
Ne ſçachant lire ny eſcrire.
Mais qu'vn homme ſage & prudent,
De ſens & bon entendement,
Merite mieux que l'on luy donne
L'appanage d'vne Couronne,
Vous direz que ces iugemens
Ne ſont que ſimples ſentimens,
De ces deux grands Maiſtre d'Eſcole
Et qu'on ne croit point leur parole,
qu'ils peuuent eſtre recuſez,
Sans iniuſtice & refuſez :
Pource que dans leur propre cauſe
Ils ne pouuoient dire autre choſe.
Ainſi dans noſtre Parlement
Se fiſt ſemblable Iugement :
quand la cauſe fuſt rapportee
Et diuerſes fois conteſtee,
Des Medecins & Aduocats
Qui auoient eu de grands debats
Pour le rang & premiere place,
Meſſieurs n'auroient eu bonne grace

De donner autres Iugemens
Qu'en faueur de leur truchemens
Quoy que les cliens de sainct Cosme,
De sainct Luc non de S. Hierosme,
Alleguassent pour leur raison
Que c'estoit sans comparaison
Plus grand bien pour la Republique,
Au iugement du plus critique
De tirer l'homme du tombeau
Que de plaider dans vn barreau,
De mesme ces grands liffre loffres,
Entendus comme à faire coffres:
Au maniement de l'Estat
Veulent qu'on en fasse d'estat,
Et que par tout les gens de lettres,
Soient des Seigneurs au lieu de Maistres.
Ie vous dirois bien pour cinq sols
Que la plus part sont de grands fols,
Tesmoin le barbon que i'estime,
Digne d'estre mis dans ma rime,
Ie dis & si ie suis menteur:
C'est apres vn tres bon Autheur,
Que les liures & la chandelle
Luy secherent tant la ceruelle.
Que sans qu'il vsast de petun
Il perdit iusqu'au sens commun,
Il s'efforçoit de faire à croire,

Vn iour lisant dans vn grimoire,
Pour preuue de son bel esprit
Afin d'acquerir du credit,
que son pere portoit des cornes
Aussi belles que des licornes:
Que sa mere auoit au menton
Vne barbe de Pantalon,
Puis adiousta croyant de vaincre
Et par ses raisons les conuaincre,
On a ce qu'on n'a pas perdu,
Doncques vous auez tous perdu.
Vn autre iour c'estoit iour maigre
qu'on mangeoit des œufs au vinaigre
Il voulut prouuer que des œufs
Faisoit trois, mais il eust l'esteuf,
Car l'on prist sa Philosophie,
Pour vne tres grande folie;
Dans deux, dit-il, se trouue vn
Mesme selon le sens commun,
personne ne dit le contraire
Luy dit alors vn aduersaire.
Or deux & vn font ils pas trois
I'ay donc gagné: mais vn matois
prit les deux œufs & puis proteste,
qu'il prist l'autre qui estoit de reste,
Barbon ne parloit qu'auec norme
Et donnoit démentis en forme,

Barbon ne faisoit compliment
Qui ne ressentit son pendant:
Vous me direz que ce sont fables
Mais oyez choses veritables,
De personnes dignes de foy
Tesmoigneront auec moy,
Qu'vn certain Docteur de Sorbonne
Bien connu sans nommer personne,
A tellement dans son esprit
Les termes qu'il met par escrit
Ou qu'il dicte dans son Escole
Et puis explique par parole.
Qu'il n'est pas iusqu'au Portier,
Qu'il n'vse des mots du mestier:
Claude luy disoit à la porte
Caue que personne ne sorte,
Et vsoit mesme du Latin
Ou semblable baragoüin,
Soit qu'il parlast à sa laitiere
Soit qu'il parlast à sa fruitiere.
Laquelle vn iour eust tresgrand peur
oyant, *quid tibi debetur*,
Ie le sçay non par ouy dire,
Quoy que ie l'aye ouy dire:
Mais ie veux estre plus serieux,
Et veux raconter aux curieux,
L'Histoire d'vn bon Philosophe.

Lequel n'eſt pas de cette eſtoffe:
Qui n'a rien digne de meſpris
Que ſon manteau & ſes habits,
Quelque Nobleſſe que la ſcience
communique par alliance,
A ceux qui en ſont poſſeſſeurs
Si des biens ne ſont poſſeſſeurs
Ils demeurent dans la baſſeſſe
Auecque toute leur ſageſſe:
Et meſmes ſont tenus pour fols
Par ceux qui ſe ſentent cinq ſols,
Les Muſes bien que nobles filles
Se mettent dedans les familles.
De pauures qui ſont ſans credit
Pourueu qu'ils ayent bon eſprit,
Elles ne font aucune eſtime
De l'or ny de la bonne mine,
N'ayment pas plus pour ſeruiteur
Le fils d'vn Roy que d'vn Paſteur,
Auſſi n'ont elles pour doüaire
Rien que la veritable gloire,
Et n'apportent que le meſpris
Des choſes qui ſont de grand pris,
Ainſi celuy qui les pourchaſſe,
Se voit reduit à la beſace.
Et bien ſouuent eſtre ſi ſec
Qu'il faut qu'il mange ſon pain ſec,

Peut eſtre bien que la fortune
Pourroit bien leur en ioüer d'vne,
A cauſe que les gens d'eſprit
Soit par raiſon ou par deſpit,
L'appellent borgneſſe ou aueugle
Et deſcrient vn ſi beau meuble,
Diſent qu'vn homme vertueux
Rarement ſe trouue chanceux,
Auſſi pour leur rendre le change,
Et auoir contre eux ſa reuanche:
A ces Compoſiteurs de vers,
Elle baille de ſon reuers,
Elle ſe faſche & ſe depite
Elle renuerſe leur marmite,
Fait en ſorte que leurs deſſeins,
Se tournent en eau de boudins,
Qu'ils demeurent dedans la naſſe
Autant que dure leur diſgrace:
Et contraint beaucoup d'auoüer
Qu'on eſt tenu de la loüer,
Et de dire c'eſt peu de choſe
La vertu ſans quelque autre choſe,
On me dira que quelques-vns
Qui ne ſont pas des plus communs,
Ont acquis de grandes richeſſes,
Auec les Muſes leurs Maiſtreſſes:
Senecque receut de Neron,

En diuers temps vn million :
Auguste aussi donna à Virgile,
Des escus plus de trente mille
Horace eust de son Mecenas
De bons testons, de bons repas,
Et deuant luy faisoit merueilles
Loüant & vuidant les bouteilles,
Il beuuoit souuent en esté
Vin neigé sans estre entesté
Properce faisoit chere lie.
Auec Blanche son amie,
Ouide par son bel esprit
Se mit tellement en credit,
A la Cour & parmy le peuple
Qu'estant caché dessous le meuble,
Comme il raconte dans ces vers
Qui sont aussi beaux que diuers,
Receuoit souuent des caresses
Des Bourgeoises & des princesses,
Mais tousiours ce n'est que fort peu,
Qui a leur aise ayent vescu
Et pour cette demy douzaine
I'en connois plus d'vne centaine,
Qui bien souuent faute d'argent
N'ont dequoy mettre sous la dent.

Helas! combien de Diogenes,
Ailleurs comme dedans Athenes,

Roulent

Roulent dans vn chetif tonneau
Et se passent de pain & d'eau,
Heureux si menans cette vie,
Ils n'engendroient melancolie,
Que d'Irus, combien de Bias
Que de sçauans qui n'ont grand cas,
Qui peuuent dire hors de leur porte
Tout ce que i'ay sur moy ie porte,
Et si ie saute fort leger
Tout mon bien se trouuera en l'aïr,
Combien comme le grand Stace,
Presque reduits à la besace :
Se contentent de peu de gain
Et de peur de mourir de faim,
Sont contraints pour auoir la piece
De donner quelque bonne piece,
Quelque cayer, quelque rondeau,
Ou quelque bon Liure nouueau!
Pour moy ie crois & faits estime,
Que ie suis le fils legitime,
De quelqu'vn d'eux estant tres-seur,
Qu'en tout ie leur suis successeur.
Bien que sois issu de Noblesse
Ie sens bien où le bast me blesse,
Ma Noblesse ny mon sçauoir,
N'ont eu ny credit ny pouuoir,
De me tirer de la misere

Adieu pour moy la bonne chere,
Adieu pour moy les bons morceaux,
Adieu le filet de pourceaux
Adieu bisques, adieu potages,
Adieu pour moy le tripotage,
Adieu pour moy tous les ragousts,
Adieu tous les mets de hauts gousts,
Adieu pour moy capilotades,
Adieu les saulces & poivrades,
Adieu les tranches de jambon,
qui font trouuer le vin si bon,
Adieu mesme la bonne souppe,
Le plus souuent bien tard ie souppe:
Et maintenant ie suis si sec,
Que ie mange mon pain tout sec
quelque fois vn pauure potage,
Ou bien pour vn sol de fromage;
quelque fressure de mouton
Est mon ragoust auec l'oignon.
Pour estre pauure Gentilhomme,
Ie n'en suis pas moins honneste hõme
Et ce qui me console encor,
C'est qu'autre de plus noble essor,
Ont eu mesme desauantage.
Belissaire ce grand guerrier,
Couronné de tant de lauriers:
Fut veu en demandant l'aumosne,

Fut veu recommandé au Prosne,
Bellissaire ce General,
Fut veu reduit à l'Hospital,
Disant d'vne triste parole,
Messieurs donnez vn pauure obole:
Vn Henry mesmes Empereur,
Deuint Maistre d'enfans de Chœur:
Heureux encor quoy qu'on die,
De gagner en chantant sa vie:
Aussi l'on dit qu'il auoit tort,
D'auoir au lieu d'estre support:
Voulu renuersé le sainct Siege,
Dont il se trouua pris au piege,
Ha! dis je que ie suis heureux,
Voyant ces nobles malheureux,
C'est le confort des miserables,
De sçauoir qu'ils ont leurs semblables:
Ie n'ay iamais esté si haut,
Ie n'ay iamais fait si grand saut:
Car pour estre né Gentilastre
Ce n'est pas vn si grand desastre,
D'estre reduit au petit pied,
A faire voyages à pied,
Aller par ville sans espée,
Gagner sa petite iournée:
Tantost en dictant mes escrits,
Tantost transcriuant manuscrits,

Ou viſitant quelque malade,
Ou bien vendant de la pommade,
Tantoſt allant faire leçon,
A quelque beau petit garçon:
Tantoſt ſeruant dans des villages
De Medecin à petit gages:
Ou faute de meilleur employ
Eſtant Mouchard aux gens du Roy:
Tantoſt monſtrant des bagatelles,
A quelques ieunes Damoiſelles:
Ores par des ſubtilitez,
Ou par quelquet ioliuetez:
Comme ſeroit le déchifrage,
De l'eſcriture hors d'vſage,
ou debitant papier nouueau,
Tranſparent qu'on trouue fort beau:
Bon apprendre l'écriture,
Bon pour apprendre la peinture:
Lequel aſſeure mieux la main,
Que le meilleur Maiſtre Eſcriuain:
Tantoſt c'eſtoit en temps de guerre,
Faiſant valloir le cimeterre?
Le cimetterre ou coutelas,
Afin de ne vous mentir pas:
Mais vous ſçaurez par mon memoire,
Vn peu plus bas dans cette H ſtoire:
Que ie ne fus ſi toſt monté,

Que

Que fus Caualier démonté:
Vous sçauez donc que ma naissance,
Me communique la vaillance:
Croyez ou ne le croyez pas
Quant à moy ie ne le croy pas,
I'ay leu cét Autheur de Grimoire,
De la Philosophie noire:
Qui preuue par ses argumens,
Et fait à croire aux plus sçauans:
Que les plus vieux Gentilshommes,
Sont issus de tres meschans hommes:
Que Nembroth cét hardy Veneur,
Qu'vne version nomme voleur,
Est l'autheur de nos Seigneuries,
De Blazons & des Armoiries,
Qu'Eseau depuis le suiuit,
qui son bon frere poursuiuit:
Lequel vescut de son espée,
De rapine & de picorée:
Voila pourquoy dans les Blazons,
On ny voit que loups, que lyons,
ours ou sangliers, oyseaux de proye,
Pour monstrer que par mesme voye,
Vont ceux qui par tels animaux,
Se monstrent autheurs de grãds maux:
De plus il se monstre contraire,
A ce qu'on rend hereditaire:

L'honneur qui par raison n'est deu,
Tant seulement qu'à la vertu,
Vertu dit-il ne vient de race,
Ergo, Noblesse ie t'en casse,
Honneur ne sera que pour ceux,
Qui auront gagné le dessus:
Ie ne prendray pour Gentilhomme,
Vn sot, vn lasche, vn meschant homme,
Ny tiendray pour homme d'honneur,
Le parjure, l'empoisonneur,
Celuy qui vit par injustice,
Celuy qui n'est rien que de vice,
Mais il se mocque sur la fin,
Auec de tres-bon latin,
De ce qu'on départ aux plus belles,
Des choses qui ne sont pour elles
Leur donnant les mesmes lauriers,
qu'on donne aux plus braues guerriers,
Mesmes blazons, & mesmes armes
qui ne sont deubs qu'à des Gens-d'armes,
Et les mesmes tiltres d'honneur,
que meritent les gens de cœur:
Il est vray que des Amazones,
ou bien de semblables personnes:
Pourroient auoir les qualitez,
Et posseder les dignitez;
que tres-iniustement on donne,

A maintes illustres personnes,
Vn DUC est celuy qui conduit,
L'armée qui marche à grand bruit,
Le Marquis garde la frontiere,
Contre l'ennemy de derriere;
Le Comte doit pareillement,
Estre tousiours ensemblement,
Sans iamais quitter la personne,
Du Souuerain qu'il enuironne,
Ce sont donc des tiltres d'honneur,
qu'on ne peut tenir sans valeur,
Pour acheuer cette sceance,
Ie diray donc que ma naissance;
Ne m'a rien donné de meilleur
qu'au fils d'vn simple rimailleur,
Qu'au fils d vn courtaut de boutique
qu'au fils de quelque mechanique,
qu'au fils de quelque Sauetier,
qu'au fils d'vn vilain roturier,
Nostre condition est vne,
Il n'y a rien que la fortune,
qui fasse que l'enfant d'vn grand
Soit plus prisé qu'vn autre enfant,
Le grand n'engendre rien qu'vn homme
Mais la vertu fait l'honneste homme,
Si l'on me dit que l'espreuier,
Produit comme luy l'Espreuier:

Et non pas la ſimple Colombe,
Auec vous d'accord ie tombe,
Mais il eſt clair que l'argument,
Conclud icy que ſeulement,
Le pere donne la Nobleſſe,
Qui ſe trouue dedans l'eſpece.
Nous receuons du Mirandol,
Prince ſçauant, Prince ſans dol,
Eſtans formez dans la matrice,
Semence de vertu & vice,
Et tel chacun ſe trouuera,
Ainſi qu'il les cultiuera,
Pour moy ie dis que ma Nobleſſe
M'a moins ſeruy que mon addreſſe,
N'ayant tiré de ma maiſon,
Q i'vne bonne education,
Mais vous verrez que la fortune,
Touſiours me fuſt tres importune,
Que mes malheurs auront leurs cours,
Dans la ſuitte de ce diſcours.

DE LA BOVSSIERE. M.

Fin de la premiere partie du Philoſophe Maleiru.

www.ingramcontent.com/pod-product-compliance
Ingram Content Group UK Ltd.
Pitfield, Milton Keynes, MK11 3LW, UK
UKHW020552230726
13925UKWH00006B/2543